LE FEU FOLLET

DU MÊME AUTEUR

Fromage,
roman traduit par Xavier Hanotte,
Le Castor Astral, 2003.

Villa des Roses,
roman traduit par Marnix Vincent,
Le Castor Astral, 2004.

WILLEM ELSSCHOT

LE FEU FOLLET

roman

traduit du néerlandais (Belgique)
par Marnix Vincent

« Escales du Nord »
LE CASTOR ASTRAL

La collection « Escales du Nord »
est dirigée par Francis Dannemark et Jean-Yves Reuzeau
en collaboration avec Bénédicte Pérot.

www.francisdannemark.be

www.castorastral.com

Couverture : Joe Pinelli

*La Bibliothèque flamande de la collection « Escales du Nord »
bénéficie du soutien du Ministère de la Communauté flamande
(Administration de la culture).*

Titre original : *Het dwaallicht*

BP 11 - 33038 Bordeaux Cedex (F)
ISBN 2-85920-596-9

I

Un misérable soir de novembre. Un crachin à balayer de la rue les plus braves. Et mon bistrot habituel est trop loin, hélas, là-bas vers l'ouest, pour que j'affronte ce rideau glacial. Pour la première fois depuis bien longtemps, car les années filent, je vais rentrer immédiatement chez moi, où mon apparition prématurée sera perçue comme un premier pas sur la voie du repentir. Tout commencement est difficile et mieux vaut tard que jamais, dira ma femme. Mais d'abord, il me faut encore un journal pour ce soir au coin du feu, car si je ne lis pas, mon silence a un effet réfrigérant sur la maisonnée. Oh, je comprends parfaitement, il n'y a rien de plus embarrassant que la présence d'un individu occupé à fixer le vide comme s'il était seul, qui jamais ne plaisante ou ne vous donne une tape dans le dos pour vous encourager quand tout va mal, qui jamais ne demande : « Comment ça va ? » Ou : « Tu es heureux ? »

Voici mon petit magasin de journaux, j'y viens depuis des années. Pour la dix millième fois je vais entendre la vieille demoiselle donner son opinion sur le temps. « Oui, pluvieux, j'en conviens.

– Le crachin, précise-t-elle.

– Oui, au fait, le crachin. » Car pour rien au monde je n'oserais contredire ce stalagmite dont j'ai suivi de près la lente formation.

« Tiens, trois bouffeurs de riz. » Et de son incisive pendouillante qui se refuse à tomber, elle indique la rue.

En effet, comme je sors et relève mon col pour trotter jusqu'au tram, mon élan est freiné par trois petits moricauds qui me barrent la route. Hommes d'équipage d'un navire des Indes, comme il n'est pas rare d'en voir flâner par ici. Des yeux de gazelle, de longs cheveux de jais, une tenue de coton qui me fait frissonner et une veste de parade noire qui évoque quelque festivité. L'un d'eux porte une sorte de petit bonnet, il est un peu plus grand que ses camarades et semble le chef de la compagnie. À vrai dire, rien d'étonnant pour moi, car nous sommes habitués ici à ces pittoresques flâneurs.

Rien de nouveau sous le soleil. Et puis je veux rentrer chez moi, même si rien ne m'y appelle.

« *Sir* », dit le chef avec un regard caressant, un sourire enjôleur.

Sans plus attendre, il me fourre dans la main un bout de carton qu'il désigne d'un doigt fin et brun comme un cigarillo, et demande : « *Where ?* »

Si l'on ne veut pas se faire embarquer, il est indiqué dans un tel cas de dire poliment « Excusez-moi », d'esquisser un sourire et de poursuivre son chemin comme si l'on était pressé, car le véritable gentleman doit posséder avant tout l'art de maintenir avec désinvolture le bétail à distance. Il y a belle lurette que je le sais, mais sans doute suis-je trop vieux pour m'adapter encore à ce style nouveau, réaliste, car j'accepte le bout de carton avec la docilité du premier abruti venu. Les moricauds se tiennent à côté de moi et attendent.

À examiner la chose de plus près, on dirait le fond d'une boîte de cigarettes. Un texte y est inscrit au crayon, à première vue je ne saisis pas un traître mot de ce gribouillis. Essayons un instant devant la vitrine éclairée du magasin. Encore un effort, et je déchiffre l'énigme : *Maria Van Dam, Kloosterstraat, 15.*

Ma marchande de journaux, qui se pourlèche les babines, ouvre sa porte et met sa chancellerie à ma disposition.

« Entrez, monsieur Verbruggen, vous verrez mieux ici. Et qu'est-ce qu'ils demandent ? »

Cela fait trente ans qu'elle me prend pour un autre et ça ne vaut plus la peine aujourd'hui de lui dire que je m'appelle Laarmans. Quand viendra le jour où je n'achèterai plus de journaux, laissez-la verser une larme à la mémoire de Verbruggen.

« Where is it, Sir ? » demande derechef la douce voix.

Diable, ce n'est pas si simple. Comment faire comprendre à ce frère basané où se trouve exactement la Kloosterstraat ? Je devrais faire un croquis, mais nos lignes géométriques n'auraient peut-être pas la moindre signification à leurs yeux. Je vais donc essayer de le leur expliquer en quelques mots.

« *This way.* La troisième à droite, la deuxième à gauche, la première à droite et puis une rue… une rue… » Comment Dieu du ciel dit-on oblique en anglais ? Car cette dernière rue, celle qui compte, n'est ni à gauche ni à droite. De plus, c'est une rue sournoise, sinueuse. Je reprends : « Et puis, pas à droite, pas à gauche, mais une rue… »

Et je me lance dans une démonstration si énergique que les passants en oublient la pluie pour former bientôt un cercle qui nous observe avec intérêt. Soyons bref, car j'ai l'air d'un imprésario avec ma marchande de journaux dans le dos. « *Look here.* » Me penchant, j'exécute avec l'avant-bras un mouvement ondoyant, et les spectateurs regardent le sol comme si j'y avais éparpillé quelque trésor. « *Do you understand ?* » Car s'ils ne comprennent pas, je n'y puis vraiment rien.

« *Yes, Sir, thank you* », m'assure mon superbe petit moricaud avec une gracieuse révérence, tandis que ses deux camarades déchiffrent mon visage, y cherchant les signes de la pureté de mes intentions. L'un d'eux dit quelques mots dans une langue étrangère, le chef répond et je sens que l'impression est favorable. Si favorable que l'homme au bonnet fourrage un instant dans la poche de sa veste et me tend une boîte de cigarettes – le même modèle que la carte de visite avec l'annonce mariale. Il ne manque vraiment plus que le pourboire.

« *For you, Sir* », dit-il.

Je refuse son présent avec ferveur, tout en me sentant flatté au plus haut degré d'avoir été élu parmi tant de concitoyens pour contribuer à l'incarnation de leur rêve.

« Dommage, dommage, commente un garçon boucher, vous pourriez me les donner à moi. »

Je ne sais pas d'où il sort, mais tout à coup surgit une brute, le nez cabossé, une casquette miteuse sur la tête, qui, sans autre forme de procès, saisit mon ami basané par le bras et l'entraîne quelques pas plus loin, dans une direction qui n'est certainement pas celle de la rue de son désir, la rue du Cloître. C'est un gaillard du quartier du port, à qui même ce malappris de garçon boucher abandonne instinctivement le terrain. Un digne exemplaire de la race des seigneurs que nous sommes, nous autres Blancs.

Ali Khan, car c'est ainsi que j'ai à part moi baptisé mon exotique camarade, se dégage gentiment de la prise discourtoise et me lance un regard interrogateur, tandis que ses deux amis braquent sur lui leurs regards clignotants.

Il n'y a plus moyen de faire marche arrière. Il faut que je prenne ce grand escogriffe à bras-le-corps, sinon mes moricauds sont perdus.

Je me risque avec toute la prudence possible, car il ne faut surtout pas brusquer cet hurluberlu : « Vous ne semblez pas bien connaître la ville ? La Kloosterstraat n'est pas de ce côté-là, camarade.

– Camarade ? On se connaît, des fois ? grogne-t-il. Kloosterstraat, Kloosterstraat. Et ce morceau de carton qu'ils agitent sous le nez de tout le monde mais que personne ne peut lire. Des foutaises tout ça. Et puis, c'est un temps pour se balader, habillés comme ils sont ? Je les emmène au *Jolly Joker* dans la Zakstraat, il y a des filles pas cher avec des nichons comme ça. »

Il porte ses pattes velues devant sa poitrine, ouvre des doigts comme des griffes pour indiquer le volume.

« Come on. » Sa voix est cinglante. *« It is time to go. »* Et se penchant vers moi, il ajoute que c'est lui et personne d'autre qui a cueilli ces trois clients.

Que faire ? Abandonner mes garçons ou poursuivre la collaboration pour que se réalise leur espoir collectif ? Et ce n'est pas de la Zakstraat qu'ils rêvent, mais bien de Maria Van Dam, ça ne fait pas l'ombre d'un doute. Mais si j'ose, de mon propre chef, envoyer bouler, pour raison d'indignité, sa Zakstraat, je vais peut-être devoir me colleter avec ce monstre. Le mieux est donc de les laisser choisir par eux-mêmes. « Écoutez. Par là », et j'indique le nord, « il y a les filles à chéris et à sous. Et par là », j'indique la direction de la terre promise, « il y a la fille de la boîte de cigarettes.

– Non, pas les filles à chéris et à sous, comme vous les appelez, mais celle-ci, dit Ali d'un ton décidé et dans un anglais impeccable tout en brandissant comme un étendard son talisman de carton.

– Alors, vous devez prendre par là. La troisième à droite, la deuxième à gauche, la première à droite et puis… zig-zag. À vous de décider.

– *Thank you, Sir.* »

Il fait la révérence comme une dame de la noblesse et, bravant le crachin, les trois s'en vont à la queue leu leu en direction de la troisième à droite, poursuivis par les jurons terribles de l'homme au nez cabossé, tandis que je me dirige vers le tram qui me ramènera auprès de ma femme et de mes enfants. Je me félicite du déroulement de l'histoire, surtout de la brièveté de sa conclusion, car c'est en général une rude corvée de se dépêtrer avec élégance d'une situation si gluante. Et je le répète, je veux rentrer chez moi avec mon journal, afin de faire mes premiers pas sur les chemins de la vertu.

II

Il faut croire que c'était écrit dans les étoiles, car mon tram tarde à partir. Je ne sais pas pourquoi, mais je me sens mal à l'aise, comme celui qui n'a pas la conscience en paix. De la plate-forme je regarde machinalement dehors, il pleut un peu moins, et tout à coup je vois mes trois petits moricauds sortir de la boulangerie de Jonkheer, chacun avec un petit pain dans lequel ils mordent à belles dents tout en regardant autour d'eux comme pour s'orienter. Ils semblent hésiter entre la rue Reynders, premier jalon sur la voie du salut, et le Vieux Marché aux grains, gueule d'un labyrinthe où ils risquent d'errer jusqu'aux premières lueurs de l'aube, lorsqu'ils devront rejoindre leur navire pour y reprendre le travail. Jamais ils ne trouveront la Kloosterstraat, jamais. Et même s'ils trouvent la rue, comment découvriraient-ils le numéro quinze, car pour eux nos chiffres à nous doivent être des hiéroglyphes. Et tout à coup je me vois errant en plein centre de Bombay, las et brisé. Il fait nuit, une pluie fine et glacée mouille mon costume de coton. Je me traîne de rue en rue, longeant des impasses et des bazars, à la recherche de Fathma qui m'attend, assise sous une lampe rouge, dans une maisonnette qui doit se nicher dans la trente-septième à droite, la quinzième à gauche, la neuvième à droite, la septième à gauche, et enfin dans une ruelle sinueuse que je ne trouverai jamais. Je tiens dans ma main un misérable morceau de carton auquel personne ne réagit, car, tel un Gange vivant, une foule immense me dépasse sans même me faire l'aumône d'un regard. Parti le cœur plein d'espoir et une flamme dans les yeux, me voici pour la troisième fois au même carrefour. C'est un cercle sans issue et je sais maintenant avec certitude que je ne trouverai pas Fathma, que je ne la serrerai jamais contre mon cœur. Aux premières lueurs de l'aube, elle éteint sa fidèle lampe et se jette en sanglots sur son divan, parce que l'homme blanc, ce parjure, n'est pas venu.

Je dois admettre que je me suis débarrassé à bon compte de ces garçons et mes grands gestes, encore si proches, me paraissent déjà ridicules, surtout ce zig-zag, car il est très improbable qu'ils aient saisi mon intention. Et qui peut bien être cette Maria Van Dam, dont ils portent avec tant d'enthousiasme le nom sur leur blason cartonné ? Sûrement une fille du peuple, car je vois mal trois coolies à la recherche d'une demoiselle de bonne famille, le soir dans le quartier du port. Mais dans le peuple on trouve des filles drôlement mignonnes, qui le plus souvent ne font pas de chichis. Et Maria est pour moi le plus beau de tous les noms féminins. Enfin, ça n'a pas d'importance, ce n'est pas de moi qu'il s'agit mais du sort de ces pauvres diables errants.

Sans trop savoir ce que je fais, je saute du tram et rejoins mes moricauds qui me reconnaissent aussitôt et me souhaitent la bienvenue avec un sourire à l'aurore pareil. « Drôle de ville, dit Ali, toutes les rues se ressemblent. » Mais lui imposant le silence d'un geste de la main, je déclare que je vais les accompagner jusque chez la fille de la boîte de cigarettes. Sur ce, d'un pas décidé, je mets le cap sur la troisième à droite, flanqué d'Ali et suivi de ses camarades basanés et silencieux.

Me voilà donc en vadrouille, avec des gens qui, enfin, diffèrent du tout au tout des concitoyens avec qui je suis condamné à passer toutes mes journées. Des gens d'une autre couleur, qui ont une autre façon de marcher, de saluer et de rire, peut-être aussi d'aimer et de haïr, qui n'ont jamais entendu parler de nos concitoyens les plus célèbres, et pour qui nos princes et nos saints n'ont aucune espèce d'importance, donc très probablement des gens selon mon cœur. Et puisque ces trois-là ont croisé mon chemin de façon si imprévue, voyons sans retard ce qu'on peut en tirer, car nos relations ne seront qu'un bref intermède.

Pour lancer la conversation, je demande à Ali s'il a déjà vu Maria, car qui sait comment ils ont obtenu cette carte de visite bizarre, et je veux avoir l'assurance qu'elle n'est pas une fiction mais bien une personne réelle. Oui, il l'a vue. Si c'est une jolie fille ? *« Very nice »*, assure-t-il avec conviction. Jeune ? Car j'escompte bien ne pas voir surgir, au terme de notre croisade, un vieux chameau. Ali répond par l'affirmative mais le ton est plus neutre. « Vers les quinze ans ? » En effet, que veut dire jeune ou vieux ? Nos conceptions en la matière peuvent être fort différentes, et j'imagine que ces petits moricauds en prennent à la légère avec notre morale. Car pour ce qui est de me décarcasser pour des individus affligés de tous les préjugés de notre lexique occidental, non, ne comptez pas sur moi.

« Non, non », m'assure-t-il en riant, avec un geste de rejet. Tournant la tête, il prononce quelques mots dans sa langue, sur quoi ses deux camarades se mettent aussi à rire comme des gamins. « Quatorze ? »

Cette fois, son index brun m'adresse une réprimande, et il déclare qu'elle doit avoir une vingtaine d'années.

« Ça vaut mieux comme ça, dis-je, paternel, bien que je sois déçu.

– C'est mieux pour la loi des hommes blancs », précise Ali.

Donc aucun préjugé. S'il plie devant le Cerbère qui fait marcher notre troupeau au pas, c'est contraint et forcé. Par ici, car voici la deuxième à gauche et l'objectif final est presque en vue. Si encore cette maudite pluie pouvait cesser, tout serait pour le mieux, car ne sommes-nous pas en route pour une noce ? En fait, nous devrions acheter un bouquet pour ne pas arriver les mains vides, mais en cette saison on ne trouve guère que des chrysanthèmes et je me demande si de telles fleurs conviennent à une fête depuis qu'elles servent surtout à agrémenter les enterrements. Là, à côté de ce boucher que j'ai toujours connu à cet endroit, il y a, depuis une éternité également, un fleuriste, et de toute façon jeter un coup d'œil ne fera de mal à personne. Le stock se compose principalement de plantes décoratives, mais après avoir cherché à gauche et à droite je découvre au fond du magasin une corbeille avec une espèce de fleurs qui me sont inconnues mais dont le rouge ardent sied à merveille à l'humeur de mes compagnons. Le problème, toutefois, est de savoir si les fleurs ont de l'effet sur une personne comme Maria Van Dam, et puis, j'ignore du tout au tout si aux Indes ça se fait avec des fleurs. Avec fleurs ou sans fleurs ? L'hésitation me donne des sueurs froides.

« Some flowers for the girl ? » Je m'adresse à Ali, car en fin de compte ce sont eux qui doivent trancher en cette matière.

Il consulte ses amis et me dit que c'est bon.

Que c'est bon. Je ne trouve pas que ce soit une réponse. En fait, ça m'est parfaitement égal, je crois, je n'ai aucune participation dans l'entreprise et je demande donc encore une fois s'ils y tiennent ou non.

« Dans tout pays il faut faire comme les habitants », affirme-t-il. Et est-ce que je veux bien les acheter, car eux ne se retrouvent pas dans notre monnaie et se font parfois rouler.

Le petit bouquet a belle allure, et il est de taille si modeste que nous ne nous ferons pas trop remarquer par les intermédiaires qui pourraient nous interdire l'accès à Maria. Ali demande aussitôt combien il me doit et ne prétend plus bouger d'un pas avant que je n'aie empoché son argent. Alors seulement il accepte les fleurs et nous pouvons repartir.

Je demande s'ils la connaissent depuis longtemps.

Non, depuis aujourd'hui. Elle était montée à bord pour repriser des sacs et ils lui ont donné un fichu, un pot de gingembre et six boîtes de cigarettes. Après qu'elle eut tout accepté, rendez-vous fut pris pour ce soir et lorsque la première boîte fut vide, elle écrivit nom et adresse sur le fond.

Donc : pas ramassée sur la chaussée. Voilà qui offre quelque garantie.

Et lequel d'entre d'eux, en fin de compte, était amoureux d'elle ? Lui-même ou un de ses deux disciples ?

« Tous les trois », assure Ali.

Je lui jette un regard scrutateur, car il se pourrait bien qu'il plaisante, mais son visage respire toute la sincérité d'un cheval.

Je ne parviens pas à réfréner plus longtemps mon indiscrétion occidentale.

« Et Maria vous a bien convoqués tous les trois ? »

Car cela témoignerait d'un esprit d'initiative rare pour une fille de vingt ans.

Oui, tous les trois. Elle avait reçu un présent de chacun d'eux et n'avait jusqu'à présent établi aucune espèce de distinction. Et ils avaient conclu qu'elle était de taille à les affronter tous les trois.

Voilà qui ouvre au moins des perspectives et cela ne semble qu'un début.

« Et croyaient-ils qu'elle serait au poste ?

– Naturellement, dit Ali, sinon, elle aurait refusé nos cadeaux. »

Et sa confiance est si contagieuse que désormais je suis convaincu à mon tour de l'esprit de sacrifice de Maria.

Je déclare : « Voici la rue. » Et : « Voici le numéro quinze. C'est ici que la jolie fille vous attend. »

Et nous nous arrêtons pour inspecter le palais enchanté.

Je pourrais prendre congé maintenant car mon devoir de chrétien est accompli et ils n'ont pas besoin de mon assistance pour l'apothéose.

Mais pourquoi ne pas rester ? Là où il y a de la place pour trois, il y a de la place pour quatre. Mais je repousse avec violence cette idée coupable. Pourtant, mes camarades ont l'air jovial et chaleureux, et j'ai l'impression qu'ils sont disposés à partager le gâteau – Maria – avec moi. Non, non. Je veux simplement assister aux premières salutations de mes trois Roméo, leur donner une dernière fois ma bénédiction et ne retourner chez moi avec mon journal et mes pieds engourdis qu'après avoir parachevé mon œuvre.

III

Le numéro quinze se trouve être un magasin qui ne vend que des cages d'oiseaux, j'ai beau chercher, le stock ne comprend aucun autre article. Je reconnais n'avoir jamais su qu'un tel magasin existait dans notre ville, mais nos regards ébahis ne changeront rien à cette réalité surprenante. Les cages ne se transformeront pas en pompes à injection, elles resteront ce qu'elles sont, petites cages modestes, cages rutilantes en fils de laiton dignes au moins de perroquets, cages suspendues, cages sur pied, l'étalage en déborde. Un étalage propre, soigné, j'en conviens, mais une drôle de spécialité, il me semble, pour quelqu'un comme Maria Van Dam.

Je vois que mes petits moricauds sont au moins aussi étonnés que moi. Ils se regardent, échangent quelques mots et Ali me montre à nouveau son bout de carton : une vérification s'impose. Par acquit de conscience j'y jette donc encore un coup d'œil et me voici obligé de confirmer que le texte concorde parfaitement avec l'adresse de ce curieux magasin. Je n'y suis pour rien si nous ne sommes pas arrivés devant la porte d'un cabaret ou d'une maisonnette rappelant celle de Fathma, avec sa lampe rouge, que j'ai cherchée dans Bombay. Mais bon, cabaret ou pas, il faut que Maria entre en scène, sans cela notre expédition dans le crachin n'aura servi à rien et il n'est pas question que ces gens puissent dire avoir en vain fait appel à mes services. Allons-y, messieurs. D'ailleurs, pourquoi Maria aurait-elle quelque chose à voir avec ces cages dont elle se fiche certainement plus encore que nous quatre réunis. Il est bien possible qu'elle habite ici dans une soupente, une cave ou quelque réduit à peine assez large pour un lit, ou pour un divan comme chez Fathma. Vais-je entrer avec Ali pour appeler Maria ? Cela permettrait à ses compagnons d'attendre devant l'étalage et d'en jouir encore un moment, car une délégation de quatre individus, dont trois noirs comme l'ébène, pourrait bien effrayer les habitants. Les deux autres ne sont d'ailleurs pour l'instant que de simples figurants, et un peu de circonspection ne saurait nuire. Ali est prêt à tout et nous entrons. Je referme aussitôt la porte pour imposer le silence à la sonnette électrique et j'attends près du comptoir, tandis qu'Ali s'approche d'un pas décidé avec son bouquet. L'amour le rend vaillant, car il ne faut pas oublier qu'il se trouve dans un pays de Blancs où les gens à peau basanée n'ont pas plus d'importance qu'un fox-terrier.

Maintenant Maria peut apparaître d'un moment à l'autre : à Lourdes aussi, dans la grotte, le miracle s'est produit. Elle est peut-être plongée jusqu'aux oreilles dans son pot de gingembre, doit encore se retoucher les paupières, ajouter un soupçon de poudre, un rien de rouge, mais ensuite elle viendra au-devant de nous en lançant un aimable « *Good evening* » : sa connaissance de l'anglais ira bien jusque-là. Et si ce n'est pas le cas, elle n'a qu'à s'exprimer en néerlandais et je ferai l'interprète jusqu'à la liquidation du dernier obstacle. Ce ne sera pas, avant de passer à l'action, une conversation banale.

J'entends enfin déplacer une chaise dans l'arrière-boutique, la porte s'ouvre et une grosse femme âgée, aussi nette et soignée que l'étalage, entre d'une démarche chancelante. Non, d'après moi il ne s'agit pas de notre Maria, mais au mieux de sa mère ou d'une tante, ou alors je suis le maharajah d'Allahabad. Pour m'en assurer, je regarde mon compagnon et lui demande si cette personne est *the girl*, car on ne sait jamais avec ces garçons-là. En effet, même si on lui donne cinquante ans, elle a de la chair à revendre.

« No », dit-il, de l'effroi plein les yeux.

La femme, qui reluit comme si elle venait d'être cirée, se tient maintenant devant nous et me déclare spontanément que la grande cage à perroquet n'est pas encore prête mais sera livrée sans faute à bord lundi matin, avant le départ du navire. Et aurions-nous l'amabilité de le dire au capitaine Cunningham ?

Je ne sais plus si je rêve ou non. Ali connaîtrait donc la rue du Cloître aussi bien que moi. Mais alors pourquoi m'a-t-il montré ce bout de carton ? Comme un appât pour m'entraîner par ce temps de chien ? Non, je ne peux pas le croire. Il est resté bouche bée devant l'étalage comme si c'était le Niagara et en cours de route n'a pas fait allusion à la moindre cage. Pourtant, je demande aussitôt s'il a commandé un de ces machins pour l'emporter en mer, donc s'il est déjà venu ici, mais il nie énergiquement et insiste : il ne vient que pour *the girl*.

La grosse semble comprendre l'anglais car voici qu'elle lui demande s'il n'est pas du *City of Rangoon*.

« Non, dit Ali, nous sommes du *Delhi Castle*. »

Pour moi, tout est clair maintenant, mais pas pour la femme aux cages.

« Ah bon, dit-elle sèchement. Mais alors qu'est-ce que vous voulez au fond ? »

Je ne vais plus y aller par quatre chemins.

« Voulez-vous avoir l'amabilité, madame, de dire à Maria Van Dam que les messieurs du *Delhi Castle* sont ici et de lui demander si elle peut nous recevoir. »

Car je veux au moins assister à la rencontre. Est-ce que je lui confierais les fleurs pour qu'elle les remette déjà à Maria en gage de la suite ?

Elle me dévisage comme si j'étais un habitant de la lune, puis me demande ce que j'ai dit, si bien que je dois répéter ma tirade.

« Maria Van Dam ? Je ne la connais pas. Nous nous appelons Pasmans. »

Qu'elle s'appelle Pasmans, passe encore, mais qu'elle ne connaisse même pas notre Maria, je trouve cela fort. Ou est-ce que cette bonne femme se méfie de nous ? Car le premier venu peut toujours prétendre qu'il vient du *Delhi Castle.* Présentons donc les pièces à conviction.

Je demande à Ali son talisman, dépose le petit carton sacré devant elle sur le comptoir et désigne le texte qu'il a plu à Maria d'écrire de sa propre main après que la fumée de sa dernière cigarette se fut dissipée, texte officiel qui rend inutile toute autre forme de discussion.

« Montrez-le lui, madame, cela lui suffira, car c'est elle-même qui l'a écrit ce matin lorsqu'elle était à bord pour les sacs.

– Pour les sacs », répète ce monument de propreté, d'un ton qui me fait rougir.

Elle retourne un instant dans l'arrière-boutique, revient avec des lunettes et, en hochant la tête, étudie l'épineux monographe, d'abord à l'endroit, puis encore une fois à l'envers, avec un sérieux qui impose le respect.

« Je ne parviens pas à lire ça, monsieur. Et je n'ai jamais entendu parler de Maria Van Dam », assure-t-elle une nouvelle fois, repoussant le bout de carton comme s'il risquait de lui donner la lèpre.

Posément, elle attend de voir si elle peut faire autre chose pour notre service, puis regarde machinalement en direction de la rue et découvre sans doute nos deux camarades qui, remplis d'un désir impatient, collent leurs visages noirs à la vitrine et nous épient parmi les cages en attendant de faire, au premier signe, leur entrée triomphale. Ils semblent en avoir plein le ventre, de l'étalage, car leurs yeux papillotants sont fixés sur notre groupe. Il est clair que chacun d'eux viendra aisément à bout de sa part de Maria.

Manifestement devenue méfiante, la grosse jette un regard à Ali, comme pour vérifier s'il est de la même espèce que les deux autres postés dehors, si nous ne formons donc pas une bande qui, pour des raisons stratégiques, s'est partagée en deux pelotons.

« Ils sont avec vous ? » demande-t-elle.

Et sans attendre la réponse, elle rejoint la porte du salon, crie à tue-tête « Frans » et revient derrière son comptoir comme derrière un parapet.

La discipline semble régner en ces lieux, car l'attente n'est pas longue. J'entends aussitôt un violent craquement dans les escaliers et Frans entre, placide, les mains dans les poches. Il ressemble comme deux gouttes d'eau à sa mère, y compris pour la propreté, mais il est aussi grand et large que notre champion de lutte national.

Telle une lourde péniche, il vogue lentement vers nous et, au moment de jeter l'ancre, il demande avec un mouvement de la tête ce qui se passe. C'est manifestement un homme d'action plutôt que de mots. Du regard, sa mère indique la vitrine tout en déclarant que, d'après nous, une certaine Maria Van Dam se serait nichée ici, dans la maison des Pasmans. Qu'elle a dit n'avoir jamais entendu parler de cette femme, mais que nous insistons et lui avons fourré sous le nez ce bout de carton que personne ne peut lire.

En principe, son rapport concorde avec la réalité, mais « fourré sous le nez » est méchant et exagéré, car elle ne peut nier que nous avons été corrects et polis. Mais Frans semble en savoir assez et n'être nullement enclin à étudier notre cas, il regarde mes moricauds comme s'ils comptaient pour du beurre, jette notre talisman par terre sans lui accorder un regard et confirme, d'un ton qui ne souffre aucune contradiction, que notre jeune mariée lui est parfaitement inconnue.

J'ai l'impression qu'il ne nous reste plus qu'à battre en retraite avant que Frans ne nous éjecte. En quelques mots, je remercie la mère et le fils. Ali ramasse prestement son bout de carton et nous quittons l'antre maudit pour repartir, entraînant dans notre sillage les répliques d'Ali. Sur le pas de sa porte, Frans nous suit des yeux.

Passé le coin, je m'arrête, écrasé de honte. Pour la énième fois, je me suis donc mêlé de ce qui ne me regarde pas au lieu de me détourner comme le font les êtres sensés, pour ne pas gêner le cours du destin. Hélas, les années ne m'ont pas rendu plus sage et je ne résiste pas à l'impulsion de mon cœur impétueux qui se refuse à me suivre sur la pente de la déchéance. Que doivent penser de moi mes trois amis ? Au lieu d'une fée langoureuse et parfumée, je n'ai fait apparaître que ce couple affreux. Fallait-il, pour en arriver là, que je me donne l'air d'un général ? Et ces fleurs misérables ! N'aurais-je pas mieux fait de piétiner d'emblée leur rêve comme une couleuvre et de laisser faire l'homme au nez cabossé ? L'assouvissement de leur faim ne pouvait-il lui rapporter quelques miettes ? Et il n'avait pas une pierre à la place du cœur, la pluie l'avait fait penser aussitôt à leurs pauvres nippes. N'était-il donc pas le messager de la Providence et ce *Jolly Joker* est-il vraiment si moche ? Là au moins, il y a longtemps qu'ils auraient des filles sur les genoux au lieu de pourchasser comme des damnés une ombre dans ce crachin. Et moi-même, il y a déjà une heure que j'aurais pu être chez moi comme il convient, tandis que je me retrouve ici à promener des intentions impures et un estomac vide. Mais que faire ? Je ne peux tout de même pas abandonner à son sort ce trio trempé, encore que je ne voie pas très bien comment les sécher. Le mieux serait qu'ils prennent congé d'eux-mêmes, cela mettrait fin à notre pacte ridicule et chacun pourrait suivre son chemin comme si nous ne nous étions jamais rencontrés. Moi, pour rentrer à la maison avec ce journal, et eux, avec ou sans fleurs, pour rejoindre le *Delhi Castle* ou le premier poêle venu car, refroidis comme ils le sont, ils n'entrent certainement plus en ligne de compte pour le *Jolly Joker*. C'est à eux, toutefois, de prononcer la première parole, sans quoi je vais me retrouver tout à l'heure au coin du feu, occupé une fois de plus à m'en vouloir à moi-même. Mais aucun d'eux ne pipe mot. Ils se tiennent à côté de moi, silencieux comme pour ne pas me déranger dans mes amères réflexions.

Et voici que je sens Ali me toucher prudemment de sa main frêle, je le regarde et il indique le ciel en disant : *« Stars, good hope. »* Je lève les yeux et contemple un firmament qui est un scintillement d'étoiles.

Dégonflé que je suis ! Tu as raison, Ali, il ne faut pas perdre courage. Elle va voir de quel bois je me chauffe, cette petite garce, et je persévérerai jusqu'à ce qu'elle soit livrée, s'il le faut pieds et poings liés, à votre bon vouloir, jusqu'à ce que ce fichu et ce pot de gingembre soient vengés. Tant que les soldats sont résolus, le général ne peut reculer.

Mais à quoi bon tout cet enthousiasme, notre ville est grande et les Maria sont nombreuses. Réfléchissons un peu. Il est difficile de croire que cet amour ait pu mentir du tout au tout et il n'est pas exclu qu'elle habite quelque part dans les environs. Pourquoi pas au numéro quinze d'une autre rue par exemple, ou ici dans la rue du Cloître au numéro cinquante et un, car ce texte qui lui est jailli spontanément du cœur doit avoir un fond de vérité. Sinon elle pourrait aussi bien s'appeler Jeanne Gœthals au lieu de Maria Van Dam, ce qui appellerait vraiment la vengeance de Dieu. Pour choisir la voie la plus rapide, je propose que nous allions nous informer auprès de la police, qui a une filiale à proximité. Si cela ne donne rien, il nous restera la consolation d'avoir tout essayé et cette nuit je dormirai au moins l'âme en paix. Vaincre ou périr. J'espère de tout cœur que nous sauverons notre tête.

Ali traduit ma proposition et je remarque aussitôt qu'ils l'examinent comme une question importante car une discussion tendue s'ensuit, à laquelle tous trois participent.

Bien sûr, ça se termine rarement bien pour de tels bourlingueurs quand ils ont affaire à la police blanche, et je reconnais volontiers que c'est à contrecœur que moi-même je fais appel au moindre rouage de l'État, car cela implique une sujétion qui me révolte. De plus, mes petits moricauds ne me connaissent pas et je pourrais être un serviteur déguisé de la masse blanche.

Voici donc que je comparais devant un tribunal de gens de couleur. Situation sans précédent. Ils se demandent évidemment si je mérite une telle confiance et il n'est pas exclu que le verdict me soit défavorable, qu'ils me récusent et me renvoient chez moi couvert d'opprobre, contraint d'affronter la nuit par mes propres moyens. Nom de Dieu, s'ils osent me faire ça, ce sera la bagarre, car je ne renoncerai pas à mon honneur. J'ai déjà tant jeté par-dessus bord que je risque de chavirer par manque de poids.

Bien que leur langue me soit aussi étrangère que celle de la mouche à viande, j'entends que le verdict est proche car les derniers sons ne peuvent être que de succinctes recommandations.

Ils me dévisagent encore une fois et puis Ali déclare simplement qu'ils vont m'accompagner.

Soyez remerciés, mes amis. Vous m'avez épargné une grande désillusion et je sais maintenant que vous êtes prêts à me suivre même si je descends aux enfers. Allons-y. Maintenant qu'ils s'appuient sur moi comme sur leur Dieu, il m'est impossible de faire marche arrière et je donne le signal du départ. Deux devant, deux derrière, le cœur plein d'espoir, sous un ciel étoilé sans crachin. C'est ainsi que trois rois marchaient, il y a très longtemps.

IV

Nous voici arrivés à ce petit square, agrémenté de quelques bancs, où se trouve le bureau de police, but de notre expédition. Maintenant, c'est à mes petits moricauds de savoir ce qu'ils ont à faire, m'accompagner ou rester dehors.

À bonne distance, ils contemplent la lanterne rouge, privilège de notre police, et soumettent la question à un dernier débat, sifflant et gazouillant comme des oiseaux dans les buissons. Quand le silence revient, Ali me fait part de la conclusion. Si je suis d'accord, j'irai seul tandis qu'ils attendront mon retour sur ce banc. « Les gens de couleur et les Blancs, ça ne va pas bien ensemble », dit-il en hochant la tête avec fatalisme. Hélas, tu as raison, Ali. Je ferai de mon mieux et s'ils connaissent ici le refuge de Maria, c'est avec enthousiasme, après cette ultime épreuve, que nous franchirons notre ultime étape. Je serre encore la main à chacun d'eux et j'entre tandis qu'ils collent leurs trois pantalons de coton au banc détrempé du square.

Dans la salle d'attente, derrière une table, est assis un agent bien en chair. Avec les gros, il y a le plus souvent moyen de s'entendre, on dirait que leur corps saturé confère une certaine bonhomie à leur caractère, à moins qu'ils ne doivent leur bedaine précisément à leur bonhomie. Il feuillette paisiblement un immense registre qui occupe toute sa table, lève à peine les yeux et tourne une nouvelle page. Un homme qui savoure l'agréable chaleur de son poêle, un homme bénéficiant d'une bonne digestion et qui ne ferait pas de mal à une mouche, j'en mettrais la main au feu. J'ôte mon chapeau et attends qu'il consente à m'adresser la parole, car maintenant qu'il a manifestement une tâche importante à accomplir, il est préférable de le laisser feuilleter jusqu'à ce qu'il en ait assez. Léchant de temps à autre ses doigts appétissants, il continue jusqu'à la dernière page, puis referme son registre, noue soigneusement les rubans de la couverture cartonnée et demande enfin en quoi il peut m'être utile. La voix est joviale, c'est le ton d'un homme disposé à me rendre service jusqu'aux premières lueurs de l'aube.

Je raconte que je suis à la recherche, en ma qualité de détective privé, d'une certaine Maria Van Dam qui doit habiter dans les parages. Qu'à bord du *Delhi Castle* quelques objets ont été dérobés à trois coolies et que les agents de la compagnie m'ont chargé de tirer l'affaire au clair sans déranger les autorités pour une bagatelle. Il se fait que Maria Van Dam pourrait me mettre sur la bonne piste. Et ne pourrait-il pas vérifier où elle habite ?

« Et on mobilise un détective pour ça, dit-il en hochant la tête. On dirait que ces armateurs anglais ne savent pas quoi faire de leur argent. Mais je ne peux malheureusement pas vous aider, collègue, car vous savez aussi bien que moi que les registres de l'état civil ne peuvent être consultés qu'à l'hôtel de ville. Sinon, ce serait avec grand plaisir. Et demain c'est dimanche, si bien que vous perdez deux jours précieux. Plus qu'assez pour escamoter le butin. »

La dernière chance d'Ali s'est donc envolée et je suis impuissant face au destin. Mais comme je me dispose à prendre congé, mon aimable patapouf se frappe soudain le front et se met à redénouer les rubans de son registre comme s'il avait in extremis une illumination.

« Comment n'y ai-je pas pensé tout de suite ?

Eh oui, quand on se fait vieux. La liste électorale du quartier, cher collègue. Arrivée ce matin. Coïncidence extraordinaire car on ne reçoit ce machin qu'une fois tous les quatre ans. Elle doit se trouver là-dedans, du moins si elle est majeure. On va jeter un coup d'œil. » Et laissant glisser son index boudiné le long de chaque marge, il cite : « Van Aken, Van Alsenoy, Van Apers, Van Asch, Van Baalen, Van Bauwel, Van Belle, Van Benden, Van Bergen, Van Bockel. Plus loin, mon vieux, plus loin. Van Cutsem, Van Daele, Van Dam. Voyez-moi ça, tous ces Van Dam ! Deux pages entières. Mais où sont les Maria ? Van Dam Albert, Van Dam Bernard. Ça ne vous avance à rien, nous cherchons des Van Dam en jupons, pas vrai ? Van Dam Louis, Van Dam Maria Albertine. Stop ! Née le 11 mars 1876, donc soixante-deux ans. Ça vous convient ? Elle est majeure celle-là en tout cas. Rien pour vous ? En voici deux, toutes les deux de 1916, donc vingt-deux ans. De la chair bien tendre, cher collègue. La première habite dans la Lange Ridderstraat. »

Je brûle d'impatience : « Le numéro ?

– Soixante et onze. Et l'autre au Zand, numéro quinze.

– Hourra pour le Zand ! Le même numéro

que celui de la Kloosterstraat. Cette fois le gibier est pris dans sa tanière.

– Un moment, poursuit-il avec obligeance, voici comment je vois les choses. Le onze, c'est Jan le boiteux ; le treize, un chiffonnier. Le quinze est donc le *Carlton Hotel*, tenu par Kortenaar, un mulâtre hollandais qui se retrouve de temps à autre en prison pour recel. Si ce vieux renard accouche, venez me le dire et j'offre un verre. Non, mon cher, sans argent ou une bonne dérouillée, vous n'arriverez pas à lui délier la langue. Et si vous deviez vous mettre dans de mauvais draps, téléphonez-nous. C'est le 37.03.04. Sinon, je crois que vous êtes sur la bonne voie, vous ne devez même pas vous dépêcher car il ne ferme jamais. Mais qu'est-ce qui se passe dehors ? »

« *This way, bloody nigger.* » La voix est impérative. À l'instant même la porte s'ouvre avec fracas et Ali, avec son bouquet, est projeté à l'intérieur par un agent qui le tient solidement par le col.

« *Sit down, père Fouettard* », dit le gardien de l'ordre en le faisant s'asseoir sur une chaise.

Il avait surpris l'homme devant la porte d'entrée, occupé à regarder par le trou de la serrure, tandis que deux de ses complices faisaient le guet, assis sur un banc comme pour prendre l'air. On connaît ces trucs. Mais choisir précisément un bureau de police, voilà ce qu'il appelait de la malchance. Au moment où il avait pincé celui-ci, les deux autres avaient détalé.

« Ton chapeau », dit l'agent en lui enlevant son bonnet.

Ali devient soudain un autre homme. On dirait qu'il porte un casque, tellement ses cheveux de jais brillent sous la lampe. Il est assis, aussi tranquille qu'une statue, les yeux fixés sur le sol, ses fines mains reposant sur ses cuisses. Les fleurs gisent à ses pieds comme une offrande.

Je me risque à faire remarquer que son bonnet n'a rien à voir avec un chapeau, qu'il pourrait avoir une signification religieuse ou symbolique et que lui-même est peut-être plus poli en le gardant qu'en l'enlevant, car nous ne savons pour ainsi dire rien de ces gens.

En entendant ma voix, Ali lève les yeux et me regarde d'un air attristé, avec une trace de mépris sur sa bouche. C'est ainsi que Jésus a dû regarder Judas au moment du baiser.

Un froid me glace jusqu'à la moelle, je m'approche de lui et le regardant dans les yeux, je lui demande s'il n'a donc plus confiance en moi. Tandis que je parle, le renégat surveille mes lèvres pour voir si elles ne trahissent pas l'ébauche d'un sourire. Si je n'étais pas si indigné, je ne pourrais pas retenir mes larmes.

« Je ne sais pas, reconnaît-il franchement.

– Tu devrais avoir honte, dis-je amer, mais telle une véritable divinité, il ne donne aucun signe de vie.

– Vous semblez vous connaître ? dit le gros en me scrutant.

– Comment s'appelle ton bateau ? dis-je à Ali.

– Le *Delhi Castle*. Je l'ai déjà dit dans ce magasin. »

C'est au talisman maintenant à effectuer le reste de la besogne et, à ma demande, Ali tend notre bout de carton au gardien de la liste électorale, qui le retourne dans tous les sens et parvient finalement, ma foi, à déchiffrer le texte. Lentement sans doute, mais il y arrive et voici qu'il a tout compris. Il déverse sa jovialité dans un formidable éclat de rire, s'extirpe de derrière sa table, rend son bonnet à Ali et lui donne une tape cordiale sur l'épaule.

« Bonne chance chez Kortenaar. » Ventre dedans, cul dehors, il se penche difficilement, ramasse lui-même les fleurs et nous ouvre courtoisement la porte.

Je ne m'étais pas trompé, cet homme est la bonté même.

V

Même si cette Maria Van Dam semble ensorcelée de la tête aux pieds, j'ai l'impression que cette fois, son compte est bon, ou alors ce numéro quinze serait une coïncidence pour le moins remarquable. Pour mettre Ali au courant de la situation, je l'informe que ce policier dodu a recherché pour moi et effectivement découvert le refuge de Maria.

« Vous avez beaucoup de pouvoir dans ce pays, *Sir* », dit-il, admiratif.

Il veut savoir sur-le-champ combien cela a coûté et sa main plonge aussitôt dans sa veste, cherchant le réceptacle de leur fonds commun. Comme je lui garantis que je n'ai rien dû payer, il demande s'il s'agit bien de la vraie police et si toute cette serviabilité ne cache pas un piège.

Que le numéro se soit révélé juste mais non la rue, voilà qui semble dépasser ses espérances.

« Moitié-moitié, observe-t-il, rayonnant, c'est très bien. Oui, c'est une fille tout à fait charmante. Et peut-être a-t-elle voulu parler de cette autre rue mais s'est-elle trompée en l'écrivant ? C'est une expédition pleine d'obstacles, *Sir*, comme l'ascension du Hindou-Kouch, mais la récompense viendra. »

J'espère de tout cœur qu'il a raison, mais toujours est-il que le square est désert, plus personne sur le banc, et Dieu sait jusqu'où les deux autres ont fui. Peut-être d'un trait jusqu'au *Delhi Castle* où ils sont plus en sécurité que partout ailleurs dans notre ville et où ils peuvent remâcher à loisir l'histoire du fichu et du pot de gingembre. Ça leur apprendra à s'occuper de nos femmes. Et peut-être pourrai-je obtenir maintenant un congé honorable, car il n'est pas certain qu'Ali voudra partir à l'assaut de Maria sans ses amis. Mais comme je lui demande ce qu'il pense de cette disparition, il hoche la tête, porte les doigts à la bouche et émet un sifflement bizarre, différent de notre sifflement à nous mais qui porte loin, répercuté au bout de cette longue rue par le mur d'un couvent. Et à peine l'écho s'est-il éteint que dans la nuit nous percevons un bruit semblable, et après quelques moments d'attente, voici qu'au clair de lune arrive au petit trot cette engeance basanée. Pour l'instant, je peux donc faire une croix sur mon congé. Ils s'arrêtent d'abord à une distance respectable, puis ils approchent d'un pas hésitant et m'examinent sans vergogne de la tête aux pieds comme s'ils ne s'étaient pas attendus à me revoir. Je me jetterais bien à bras raccourcis sur cette vermine, mais déjà Ali leur fait le compte rendu de ce qui lui est arrivé, car il parle pendant tout un temps sans qu'ils l'interrompent. Et lorsqu'il est manifestement question de mon attitude, ils me lancent un regard admiratif assorti d'un hochement de tête approbateur.

Maintenant que notre peloton est à nouveau au complet, nous pouvons reprendre notre progression, car onze heures sonnent au clocher. Maria serait-elle couchée à cette heure ? Peu importe. Au contraire, ça pourrait tout simplifier, mais je ne suis pas encore très certain que le *Carlton Hotel* sera vraiment la dernière station de notre chemin de croix. Heureusement, ce n'est pas loin cette fois, la deuxième à droite et la première à gauche, sans zigzag et sans la moindre rue sinueuse.

Je reste sur le trottoir d'en face pour observer le quartier général de Kortenaar, car je ne me lance pas à la légère comme le font ces garçons basanés avec leur bout de carton.

Carlton Hotel : le nom est prestigieux mais il convient à l'immeuble comme une paire d'escarpins à un cul-de-jatte, c'est une de ces maisons galeuses qu'on trouve dans toutes les vieilles villes, que plus personne ne prétend retaper et qui tournent vers le passant un visage maussade. On ne doit pas y accueillir beaucoup de voyageurs, je ne vois que deux étages, six fenêtres en tout. Aucune trace d'une lampe rouge comme chez Fathma. En haut, tout est sombre, occulté, mais en bas il y a un café avec, semble-t-il, un peu d'animation, car j'entends une rumeur qui ressemble à de la musique. Vraiment pas un établissement pour une personne de mon rang, voilà ce que je pense, même si mon rang ne frôle pas les cimes.

Je demande, hésitant : « On entre ? » dans l'espoir de voir mes amis abandonner la partie.

« C'est pour cela que nous sommes venus, pas vrai, *Sir* », dit Ali. Fleurs en tête, il donne l'exemple et je les accompagne comme un quatrième paria.

J'ai d'abord un mouvement de recul, comme le baigneur qui lutte contre la marée, tellement la pulsation du pick-up est saccadée et violente –

affolé, le son tourbillonne dans l'espace étroit, cherchant une issue comme une bête sauvage. La fumée du tabac flotte en un nuage épais qui obscurcit la vue, mais clignotant des yeux, je finis quand même par distinguer Kortenaar. Il est debout derrière son comptoir et fait mine de ne pas nous remarquer. Il a les cheveux gris, frisés, le teint terreux, à mi-chemin entre Ali et moi. Ses petits yeux fureteurs ne cessent de regarder dans toutes les directions tandis qu'il rince des verres en fredonnant, mais il n'a pas l'air dangereux et je crois que l'homme de la liste électorale a exagéré. Une jeune femme assise à côté de la porte allaite un enfant, deux filles penchées au-dessus du zinc accompagnent le pick-up en se dandinant, contre le mur quatre types jouent aux cartes sans entrain. Dans un espace ouvert deux couples que personne ne regarde dansent tranquillement. En tout et pour tout cinq filles seulement, mais correctes, du moins à première vue.

Du regard j'interroge Ali, qui dit aussitôt qu'elle n'est pas ici. Dommage, car il faudra chercher plus loin et ma réserve d'énergie est presque épuisée.

Comme nous prenons place avec notre bouquet à côté des joueurs de cartes, Kortenaar cesse de rincer, se dirige vers nous et demande courtoisement ce que nous désirons. Non, cet homme n'est décidément pas l'épouvantail annoncé. Pour moi un petit verre de genièvre, mais Ali et ses amis commandent de l'eau. Insister ne sert à rien, j'ai beau prétendre qu'un petit verre est plus indiqué parce qu'ils sont trempés, ils ne semblent même pas s'en rendre compte.

On nous jauge, puis les joueurs reprennent le jeu, un œil sur les cartes, un autre sur notre groupe, les deux filles se remettent à fredonner et les couples à tourner, l'un des danseurs, le grand au visage boutonneux, donne un coup de pied dans ma chaise chaque fois que la valse le ramène près de nous.

Tandis que je me serre plus près de la table pour ne plus gêner, Ali se lève et traverse le café, sans doute pour demander une autre boisson à la place de l'eau qu'il a commandée. Non, il laisse Kortenaar à sa droite et va se poster devant le boutonneux, tel un David noir devant Goliath. Je l'entends dire en anglais que ça suffit et pour être mieux compris, il regarde en direction de ma chaise et imite le mouvement de la valse en tournant dans une sauce imaginaire avec son index expressif. Il est poli et plein de déférence, mais il n'empêche que sa chétive silhouette semble animée d'une froide détermination. Aussi Kortenaar cesse-t-il une fois encore de rincer, les cartes sont déposées sur la table et le fredonnement des filles s'interrompt. Seule la jeune femme près de la porte semble ne rien voir ni entendre car elle laisse téter son enfant comme si nous n'existions pas. Où cela va-t-il finir ? Et je songe à nouveau à ma femme et à mes enfants, et à mes pantoufles. Mais voilà, je me suis embarqué et il faut que je navigue jusqu'à ce que nous échouions sur un récif. N'empêche, c'est une bonne leçon, et elle portera ses fruits : talisman ou pas, ce ne sera pas le premier venu, celui qui m'embrigadera une prochaine fois.

Quel soulagement lorsque le boutonneux réplique enfin :

« Retenez-moi, crie-t-il, ou je flanque ce macaque par la fenêtre. »

Mais contre toute attente il tolère que quelqu'un le repousse vers une chaise où il reste momentanément assis. « Pas avec des Noirs », avertit son amie à qui mon garde du corps semble en imposer. Entre-temps Ali a repris place à côté de ses camarades, en homme conscient d'avoir mené à bien sa mission et qui envisage les conséquences avec un calme imperturbable.

Il faut maintenant agir sans tarder, sinon ça va mal finir, ou alors nous sommes encore ici demain matin. Oui, il va falloir passer par ce patron au visage blafard car Maria ne semble pas devoir tomber du ciel.

Je me décide et m'approche du zinc. J'ai l'impression que Kortenaar m'attend, car il impose le silence à son pick-up et me demande d'une voix discrète ce que nous venons chercher ici. Soudain toute vie semble se figer. La danse, les cartes et les fredonnements, qui avaient repris, s'arrêtent définitivement avec la musique. Une tension se cristallise – à couper au couteau.

Je récite la légende de Maria Van Dam et le supplie de bien vouloir l'appeler ou pour l'amour du ciel de nous donner accès à sa chambre si elle se trouve en ce moment au *Carlton Hotel*. À l'étage, ici ou à la cave, je m'en balance pourvu qu'on en finisse.

« Maria Van Dam ? répète-t-il d'une voix traînante. Une blonde ? »

Je n'en sais rien, mais je le demande aussitôt à Ali qui, plein d'espoir, fait oui de la tête. Je peux enfin pousser un soupir de soulagement.

J'affirme : « Parfait. Aussi blonde que les blés. En avant marche. »

Je vois s'affaisser les coins de la bouche de Kortenaar tandis que son épaisse lèvre inférieure se relève et il me semble que son visage livide prend une expression bougrement pessimiste. Sa tête frisée accuse quelques oscillations décourageantes et il déclare qu'il ne croit pas la connaître.

Elle est bonne, celle-là. Ou ce sang-mêlé se paierait-il ma tête ?

J'insiste : « Et si par hasard c'était une brune ? » Car, à supposer même qu'elle soit verte, qu'est-ce que cela fait, pourvu que nous parvenions à lui mettre le grappin dessus.

« Tu ne pourrais pas te débrouiller avec moi ? demande une des filles qui fredonnaient avec le pick-up. Moi aussi je m'appelle Maria. »

Elle a un visage fatigué mais attirant, je lui donnerais vingt ans, elle est bien faite et à l'air drôlement combatif. Tout en me parlant, elle remet spontanément à sa place ma cravate qui s'était mise de guingois.

Je rougis en lui faisant remarquer qu'il ne s'agit pas de moi, mais de rien moins que mes trois sombres camarades.

« Ça ne fait rien, mon vieux, affirme-t-elle,

mais alors on y va tout de suite, sinon pour moi ça va faire trop tard. Et toi, tu auras une livre. »

Moi, une livre ? Pour qui cette fille me prend-elle ? Mais je pourrais l'accepter pour la restituer après coup à Ali car pour ces garçons cela représenterait tout de même une jolie réduction. De plus, la proposition offre une issue. En effet, le cauchemar a assez duré et il m'apparaît de plus en plus clairement que nous pouvons faire notre deuil de la Maria originelle. Secouant de mes épaules toute honte, je transmets le message, mais Ali se cramponne à son illusion comme à une bouée.

« Celle-ci, *Sir.* » Et il me montre derechef son maudit talisman.

Il ne me reste qu'à asséner à tout hasard un bon coup de massue à Kortenaar dont j'essaie d'éviter l'haleine qui empeste l'ail. Je lâche à brûle-pourpoint le mot « police », qui a sur lui l'effet d'une décharge électrique, il devient servile, se met à fourrager nerveusement dans un tiroir, en extirpe un registre graisseux, m'invite alors à prendre place près de lui derrière le comptoir et insiste pour que je le consulte moi-même. Bon, ce torchon me dégoûte, mais c'est fait en moins de deux, car après cinq pages, j'ai déjà remonté deux années, mais pas la moindre trace de cette diablesse de Maria. Bizarre, cet hôtel, aucun doute à ce sujet.

J'admets avec répugnance : « Bon, elle ne s'y trouve pas, mais c'est un registre pour clients de passage, tandis que Maria Van Dam est inscrite à la police comme étant domiciliée au *Carlton Hotel.* Officiellement domiciliée, monsieur Kortenaar. Comment expliquez-vous ça ? » Et je fais de mon mieux pour fixer ses petits yeux de singe, mais ils ne restent pas un instant en place.

« Ah, monsieur, dit l'homme d'une voix apaisante, on voit de drôles de choses dans ce quartier. Dans le temps, quelqu'un a été inscrit ici qui n'a jamais existé. »

Leur soif ne sera donc pas assouvie et notre bouquet ne remplira pas son office.

Ils ne pourront pas contempler Maria, pas plus que je n'ai pu voir Fathma à Bombay.

Lorsque je sors de derrière le comptoir, comme par enchantement le café est vide, exception faite de la jeune mère occupée à chanter une berceuse à son enfant.

Ali a tout compris, il me remercie pour tout le mal que je me suis donné spontanément. Il ne s'enquiert même plus de Maria, tant il est certain que lui et ses amis ne fouleront pas la terre promise. Il reçoit son verre et boit une bonne gorgée comme pour faire passer définitivement l'image de la jeune femme. C'est peut-être mieux ainsi, car maintenant je garde au moins d'elle l'illusion, tandis qu'un rêve qui se réalise file comme l'eau entre les doigts.

VI

Maintenant que ces clients gênants ont disparu en fumée, je commande un deuxième petit verre, je vais rester encore un moment parce que le poêle donne une chaleur agréable, que nous avons bien méritée. Et avant que la séparation imminente ne refasse de nous des étrangers, je voudrais écouter encore la sympathique voix d'Ali. Je demande donc de quelle région de l'Inde ils sont originaires, et il apparaît qu'ils ne viennent pas de l'Inde mais d'Afghanistan.

« De Kaboul ? »

Non, pas de la capitale. Ils viennent de la haute montagne près de la frontière du Turkestan.

Et leur sultan est un brave type ?

Il rit : « Je ne sais pas. Pour les petits oiseaux il est indiqué de rester hors de portée de l'aigle. »

Je déclare qu'ici nous avons un roi, exactement comme en Angleterre.

« Oh, me console Ali, il y a des problèmes partout. »

Comme je lui demande si son pays est beau, il dit oui avec enthousiasme. Alors, pourquoi courent-ils les mers plutôt que de rester dans leurs montagnes ?

« Il faut manger. »

Sont-ils mariés ?

Lui-même ne l'est pas. « Chez nous dans la montagne, les femmes et les moutons sont chers. Il faut d'abord naviguer encore un peu pour amasser de l'argent. Mais lui est marié. » Et il désigne celui qui est assis juste à côté de lui. « Il est un peu léger dans la tête. Marié d'abord et puis parti en mer. » Et comme Ali trouve certainement que cela doit paraître incroyable, il oblige son camarade à avouer sa faute devant moi, et le petit homme brun fait piteusement signe que oui, puis baisse la tête.

Je tiens aussi à savoir ce qu'il pense de nos femmes autochtones, dont je suis si fier.

« Les femmes, qui, dans tous les ports, vendent l'amour au marin, ne diffèrent que par la couleur, *Sir*. Ici, elles sont blanches, passé Gibraltar brunes, et à partir d'Aden nous retrouvons notre propre sorte, très foncée, mais partout leur soif d'argent est aussi grande, de sorte que nous ne savons jamais où cacher nos sous. Mais celle-ci, et il jette un regard pensif sur l'écriture primitive, celle-ci est toute différente. Comme un rayon de soleil dans ce pays brumeux, au point que tout le monde sur le pont arrière avait abandonné son travail pour voir comment ses mains reprisaient les sacs, sa façon d'être assise près de l'écoutille comme si elle allait rester, la rapidité joyeuse de son travail, sans aide, sans rien demander, l'aiguille qui jetait des éclairs, le sourire de sa bouche et l'éclat de ses dents lorsqu'elle sectionnait la ficelle. Sans parler de tout ce que les hommes regardent en premier lieu. Si je ne tenais pas ce papier en main, je croirais avoir rêvé. Cela fait seize ans que je navigue et c'est la première perle que je rencontre, *Sir*. Oui, une perle, il n'y a pas d'autre mot. Et pourquoi sous ce ciel gris qui rend les gens introuvables ? Nous ne le savons pas. Je vous ai déjà dit ce que nous lui avons donné et peut-être trouvez-vous que nous aurions pu faire davantage, mais les marins doivent calculer et notre salaire est maigre, si bien que nous avons remboursé à notre ami, qui est marié et un peu léger dans la tête, le fichu qu'il avait acheté à Bombay pour sa femme et qu'il lui a offert sans réfléchir, parce que c'était bien difficile de réfléchir en sa présence. Tout le monde ne peut pas, au moment de donner, penser aussi à soi-même pour que l'esprit freine la main. »

Il se tourne, pour confirmation, vers ses deux camarades, qui répondent par des jappements décidés. Puis tous les trois, en silence, baissent les yeux sur la table.

Pour rompre cette atmosphère accablante, je demande quelle est leur religion, mais la transition est sans doute trop brutale car Ali ne semble pas avoir bien compris.

Je vais donc essayer de traduire mes paroles en image et je dessine un Bouddha assis, avec sa fleur de lotus, des lobes d'oreille jusqu'aux épaules et un nombril ressemblant à un œil qui vous fixe. Puis je demande si c'est l'image de celui en qui ils croient.

D'un coup d'œil Ali a compris, il passe mon dessin à ses amis et leur traduit mes paroles, comme il le fait chaque fois qu'une question lui semble en valoir la peine.

« *No, Sir,* nous sommes à Mahomet », dit-il énergiquement tandis que ses compagnons font oui de la tête. Et il se débarrasse de mon croquis impie en le repoussant vers moi. « Allah ?

– Oui, Allah, dit-il doucement, comme s'il craignait que le nom sacré puisse être souillé chez Kortenaar.

– Il est le bien ?

– Le seul bien, dit-on. »

Pour que la conversation ne prenne pas l'allure d'un interrogatoire, je lui communique qu'ici nous sommes chrétiens, mais il ne semble pas non plus comprendre cette appellation.

Au verso du Bouddha je dessine donc notre Christ sur sa croix, avec tous les attributs d'usage, la couronne, la bouche amère et les côtes saillantes.

Jamais chrétien ne sera capable d'une compassion plus vive que la leur. « Pauvre homme », dit Ali. Il en avait déjà vu plusieurs, suspendus en ville, et les avait chaque fois plaints de tout son cœur.

« Ça se fait beaucoup par ici ? » demande-t-il, sur quoi je le réprimande, disant que c'est notre Dieu à nous, notre Allah.

Mon information lui paraît si remarquable qu'il la traduit sur-le-champ, et voici que tous trois contemplent notre porte-croix avec une curiosité intense.

« Pourquoi a-t-il laissé faire cela ? demande Ali, et qui a osé le faire ? »

Comme je réponds qu'il a voulu qu'il en soit ainsi, je les vois frappés de stupeur.

Il n'est pas question d'éclaircir le mystère, car ils se trouvent devant le mur que je longe déjà depuis un demi-siècle sans trouver la moindre porte et me voilà donc bien embarrassé avec notre homme-dieu face à l'unité abstraite de leur Allah. Mais il m'est possible de rectifier : je déclare qu'il ne s'agit pas à proprement parler de Dieu lui-même mais de son fils. Voilà toutefois qui jette de l'huile sur le feu, car à peine Ali a-t-il interprété le message que mes Afghans s'animent. C'est surtout le petit homme marié qui parle et lorsque enfin son exposé s'arrête, Ali avance en guise d'axiome qu'il doit donc y avoir également une femme dans l'histoire, ce que je concède.

« Et encore d'autres garçons et filles ? demande-t-il avec curiosité.

– Non, rien qu'un fils.

– Très curieux, dit-il en hochant la tête. Il a la forme d'un homme et devait donc être tangible, ceux qui osaient pouvaient donner la main au créateur de l'univers. »

Il va falloir que je fasse aussi, et sans plus attendre, un dessin de Dieu le Père, car celui-ci n'est-il pas le concept originel qui, en tant que tel, pourrait réconcilier mes Afghans avec le reste ? Mais j'hésite : nu ou habillé, jovial ou menaçant, avec ou sans barbe ? De plus, il conviendrait de mettre le Saint-Esprit dans le coup, car au vu de ma représentation sommaire de notre concept divin, ils pourraient bien songer à une sorte de famille toujours effectivement installée quelque part sur terre. Mais je crains que cette troisième personne ne les déconcerte encore davantage et par-dessus le marché je me rends compte que mon anglais faillirait à la tâche.

Maintenant que nous avons traité de l'amour et de la religion, il est difficile de passer sous silence ce mouvement qui, dans le monde entier, met les cœurs en émoi et je demande donc s'ils ont déjà entendu parler du communisme.

« Dans notre région il y en a bien quelques-uns à avoir franchi la frontière du nord et certains sont restés là-bas. Parfois aussi quelque voyageur vient de ce grand pays et raconte, au coin du feu, l'histoire du prophète qui repose depuis des années dans une tombe de verre sans être réduit en poussière et qui était le prédicateur de la nouvelle religion sans Dieu, pour laquelle tous sont égaux en matière de femmes et de moutons, de vivre et de couvert, de vêtements et de finances. Et non seulement plus tard dans le sein d'Allah, comme on nous l'apprend depuis belle lurette, mais déjà ici sur terre, ce qui n'est pas non plus à dédaigner. »

L'essentiel ne lui a donc pas échappé, tout noir qu'il soit.

« Certainement, déjà ici sur terre, de la naissance au tombeau. Pensez-vous que Mahomet y voyait un inconvénient ? Ou voulait-il que l'égalité ne commence qu'après la mort ? »

Ali ne répond pas immédiatement mais consulte ses amis, et il me semble qu'ils sont plus circonspects que lorsque nous parlions des femmes ou de la composition de notre Dieu occidental.

Finalement, il me renvoie ma question.

« Votre homme sur sa croix y voyait-il un inconvénient ? » Je sens aussitôt que notre amitié est provisoirement mise en balance et que nous ne sommes plus que des diplomates assis face à face. Il me faut répliquer immédiatement, sans quoi tout progrès dans notre rapprochement sera étouffé dans l'œuf.

« Pour autant que je sache, il n'a jamais rien dit de tel. Au contraire, il voulait abaisser les grands et grandir les petits, et surtout que chacun découvre les taches pourries de son âme, mais il parlait surtout de l'au-delà, donc de la vie dans le sein de son père. C'est là seulement qu'on serait récompensé selon ses mérites.

– Et c'était moins dangereux, car même les prédicateurs doivent s'incliner devant les puissants. Et ceux-ci préfèrent posséder sur terre. Peut-être était-il prudent ?

– En tout cas, il s'exprimait à mots couverts. Mais il faut dire qu'il vivait parmi des gens dangereux.

– Et pourtant il n'a pas été assez prudent, raisonne Ali, qui se souvient manifestement de la croix et des côtes saillantes. Sans tout dire, il a dit trop ? Mais cela s'est sans doute passé il y a très longtemps et, avant que tout soit dit, beaucoup doivent prendre la parole. D'abord, les anciens ont prêché pour l'au-delà et aujourd'hui, on prêche pour la vie ici-bas. Ils se complètent, car le même homme ne peut pas avoir le premier et le dernier mot.

– Et Mahomet ? car je voudrais qu'il joue cartes sur table.

– Notre grand prophète a été plus prudent encore. Lui est du moins resté en vie jusqu'à ce qu'Allah l'appelle. Mais lui non plus ne peut, me semble-t-il, voir aucun inconvénient à ce que l'égalité débute déjà dans cette partie de notre existence, celle dont nous sommes le plus sûrs, car il faut parfois attendre longtemps et endurer bien des souffrances avant d'être accueilli en son sein, n'est-ce pas, *Sir* ?

– Mais que faire alors de personnes telles que votre Sultan ou le roi d'Angleterre ?

– Les enterrer sous l'argent, s'ils sont d'accord.

– Mais s'ils ne sont pas d'accord ? »

J'ouvre les mains et les avance vers lui d'un air interrogatif, ce qui du pôle nord au pôle sud signifie : « Oui, que faire alors ? »

Ali hésite un instant comme un chien au bord de la rivière, mais il se lance à l'eau, et de son fameux index il dessine dans l'air un nœud coulant puis tire à une corde invisible.

Je lui demande s'il ne connaît pas d'autres moyens, car je trouve que notre nouveau commissaire du peuple n'y va vraiment pas de main morte.

Ma parole, il réfléchit, mais ne semble pas trouver de succédané.

« Sans violence ça n'ira pas, conclut-il, car les grands ont le pouvoir, mais les petits sont nombreux et le tigre ne peut rien contre les fourmis. Les fourmis, cependant, sont aveugles, tandis que l'homme a peur de la mort, car il a beau croire, il ne sait pas. On nous a donné la terre comme un verger dont nous aurions à cueillir nous-mêmes les fruits, l'homme détient donc la clé de l'égalité. Et pourtant beaucoup de petits verront Allah avant que tout le travail ne soit achevé. »

Tout à coup il dévie, comme si le sujet devenait trop brûlant, et il me demande avec tout l'intérêt apparent d'un ministre si moi-même je n'ai pas encore songé à me marier, sur quoi je reconnais sans ambages que ma situation n'est guère plus brillante que celle de son camarade qui, s'étant marié d'abord, est ensuite parti en mer.

Tel un prévenu qui devance l'intervention du juge, j'affirme avec insistance : « Aussi ai-je cherché la fille des sacs de jute uniquement pour vous et vos deux amis. » Et je dois me retenir de le jurer.

Ali me tranquillise : « Nous le savons. » Et une lueur sur son visage donne à soupçonner que son affirmation est une simple marque de courtoisie.

Et est-ce que j'ai des enfants ?

« Six », je l'avoue, car maintenant qu'ils semblent croire à la pureté de mes intentions, ils accepteront bien cela par-dessus le marché.

Il met au courant ses amis, qui suivent la conversation du regard. Leur mimique est éloquente : il s'agit pour eux d'une performance qui rehausse mon prestige.

« Toutes des filles ? » demande-t-il avec circonspection.

Le brave garçon n'ose manifestement pas parler de fils, comme s'il craignait que le mot ne m'afflige au cas où Allah ne m'aurait pas accordé de descendants masculins.

Comme je lui donne l'assurance que j'ai trois fils, ils saisissent leur verre et, en hommage à ma lignée, avalent avec enthousiasme leur fond d'eau.

« Une femme, trois fils et trois filles, observe-t-il. Non seulement vous avez beaucoup de pouvoir dans ce pays, mais vous êtes un homme heureux, ce qui est encore mieux, *Sir*, car un homme puissant doit toujours songer à la corde, tandis que personne ne peut porter préjudice à un homme heureux. » Et après avoir jeté un coup d'œil à mon troisième verre, que Kortenaar dépose sous mon nez :

« Pourquoi alors buvez-vous de la liqueur forte ? »

Je me sens comme pris sur le fait, mais ma timidité naturelle m'empêchant d'avouer que j'aime ça, je me vois contraint de dire ce qui me passe par la tête.

« Lorsque dans notre pays il fait froid et humide comme ce soir… » dis-je d'une voix hésitante, mais il semble m'approuver aussitôt.

« Vous ne la prenez donc pas pour vous faire tourner la tête, ainsi que la plupart le font ici, mais comme médicament. C'est bien ce que je pensais. Votre homme sur sa croix ne l'approuverait certainement pas plus qu'Allah, n'est-ce pas ? »

Le nom sacré le fait rêver un instant, le ramène à notre discussion théologique, car après un temps il pose respectueusement sa main sur la mienne et me regarde gravement.

« *Sir*, dit-il, notre Allah n'a ni fils, ni épouse, ni père, ni mère. Il est seul et jamais personne ne le dessinera, car qui veut le voir, doit d'abord mourir. »

Après une telle profession de foi il n'y a plus rien à dire. Elle est le digne accord final de notre symphonie asiatique et il faudra bientôt songer de nouveau à rentrer, car si je ne me dépêche pas, je vais rater mon dernier tram. Et puis, je commence à avoir pitié du patron qui, derrière son comptoir, nous contemple tristement, attendant que notre disparition déclenche le signal du retour de son honorable clientèle.

Lorsqu'il vient nous présenter l'addition, j'ai toute la peine du monde à empêcher Ali de payer, tandis que leurs six bras, telle une pieuvre, s'affairent pour empêcher tout contact entre l'aubergiste et moi. Le petit homme marié marmonne quelques mots, sur quoi Ali affirme que c'est celui qui a fait tout le travail qui doit être récompensé, mais en ma qualité d'homme blanc je finis par avoir le dernier mot.

« Et pourtant, elle doit habiter ici, mon petit Kortenaar », dis-je en guise d'ultime essai, mais le bonhomme se tait, comme ceux qui savent qu'il n'y a rien à gagner en parlant.

Entre-temps mes trois camarades continuent à débattre entre eux, comme s'ils ne pouvaient pas se résigner à ce dénouement.

Ali propose : « Si vous avez encore soif, buvez un dernier verre à notre santé », mais pour ne pas entamer ma réputation, je déclare qu'il ne faut pas abuser de la liqueur forte.

Ali reprend son talisman sur la table, le retourne deux trois fois comme s'il ne savait qu'en faire et finit par le glisser dans l'un des compartiments de sa veste de parade.

« Ça pourrait encore servir, dit-il, plus tard, si les circonstances sont plus favorables. »

La jeune femme a fini d'allaiter son petit, elle

a négligemment remisé ses seins et la peau blanche s'offre à notre regard, scintillante à travers la blouse. Comme nous arrivons près d'elle, Ali s'arrête tel un nouveau Melchior et, pensif, contemple le mioche qui sommeille, les menottes fermées, tandis que la mère essuie avec précaution un filet de lait qui se fraie un chemin sur sa joue. Ses deux amis aussi, qui se tiennent derrière lui sur la pointe des pieds, regardent timidement le petiot pour qui la porte de la vie vient de s'ouvrir.

« C'est la plus belle époque, affirme-t-il. Ici, en Afghanistan et dans le monde entier. Qu'Allah le protège et puisse-t-il entrer au sein de la nouvelle religion.

– Regarde ailleurs, espèce de singe », dit la fille d'un ton hargneux. Et brusquement, elle lui tourne le dos comme pour protéger son enfant du mauvais œil. Ali, qui ne comprend pas un traître mot de son flamand, approuve de la tête.

« Vous oubliez votre bouquet, monsieur », m'interpelle Kortenaar.

Je reprends en écho : *« The flowers »*, car je ne vois pas ce que j'en ferais.

« Pour la jeune maman, décide Ali. Une fois l'enfant venu, les cadeaux se font rares. » Il prend les fleurs et les dépose avec circonspection sur la table près de l'ombrageuse fille, tandis que la trogne de l'aubergiste diffuse un sourire qui me fait frémir.

Avec un dernier regard Ali prend congé du bistrot, de Kortenaar, de la jeune mère et de son nourrisson, puis il ouvre la porte avec la gravité d'un grand-prêtre.

Devant nous, la ville vide et morte gît comme une ruine au clair de lune et je vais donc les accompagner encore un bout de chemin, sinon ils pourraient se perdre.

« Dommage quand même que nous n'ayons pas trouvé la fille de la boîte de cigarettes. » Ils ont beau avoir l'air de ne plus trop y penser, moi, ça continue à me chiffonner.

« Oui, admet-il. Mais elle est comme une image que l'on voit dans l'eau. Quand on veut la saisir, il n'y a plus rien. Ou comme un feu follet dans les marais. On peut le poursuivre, mais pas le rattraper. Mais vous avez fait de votre mieux, *Sir* », reconnaît-il d'un ton approbateur. Et les deux autres, à qui il résume son opinion, manifestent leur accord par des gestes aussi abondants que si j'étais Harun Al-Rachid en personne.

« Croyez-vous vraiment en l'homme sur sa croix, *Sir* ? demande Ali.

– Sous nos latitudes on croit généralement en lui.

– Alors, c'est peut-être lui qui a décidé que vous ne la rencontreriez pas parce que vous êtes bon mais passionné et la fille, très très jolie. »

Veut-il me prendre sous sa protection paternelle ou s'agit-il d'une insinuation perfide ? Le mieux sera de m'abriter sous l'étendard de la famille.

« Ne vous ai-je pas dit que je suis marié et père de six enfants ?

– Justement. Même si vous n'avez plus rien à désirer, la fille est très jolie et la chair est faible.

– Mais votre camarade qui est un peu léger dans la tête, lui aussi est marié, pas vrai ? Mariage d'abord et puis la mer, avez-vous raconté. Et pourtant il est amoureux d'elle. Et en ce qui me concerne, je ne la connais même pas.

– Que vous ne la connaissiez pas, cela ne change rien à l'affaire, au contraire, car quelle que soit sa beauté, l'esprit rend tout encore plus beau. Et pour ce qui est de mon ami marié, Allah est grand et il est beaucoup pardonné à ceux qui naviguent.

– Dure est la vie du marin. »

Conciliant, je le reconnais :

« Le travail le plus dur, même sous la tempête, est son lot.

– Non, *Sir*, dit Ali en riant, ce n'est vraiment

pas si terrible. Ceux qui restent au port imaginent des tas de choses. Mais il n'y a pas de femmes à bord, voyez-vous, alors que vous pouvez disposer quotidiennement de la mère de vos six enfants. Et pour ne pas alourdir davantage votre fardeau, sans doute l'homme sur la croix a-t-il effacé la trace de la fille ou l'a-t-il rendue invisible, si bien que nous ne pouvons pas la découvrir, même pas avec votre aide et celle du grand superintendant de la police qui connaît la maison de tout le monde, car celui qui se fait clouer lui-même sur une croix doit être un extraordinaire magicien. Si c'est son œuvre, il a agi sagement car nous n'avons pas eu l'occasion de vous avertir d'être sur vos gardes. Elle appartient à votre peuple et le flot des paroles emporterait sans doute tous les obstacles.

– Peut-être la reverrez-vous un jour, dis-je pour faire diversion et mettre fin à ces propos sacrilèges.

– Peut-être, lors d'un prochain voyage, s'il y a des sacs à repriser. Pour nous, simples humains, l'avenir est un livre fermé. »

Et d'un mouvement vague de la main, Ali indique clairement que c'est Allah qui en décidera.

En fait, notre cycle n'est pas clos, car j'ai toujours, clandestinement, la Lange Ridderstraat en réserve. Essayerais-je ? C'est à deux pas, mais la rue me semble tout à coup lointaine, infiniment lointaine, aussi éloignée que le lieu unique où sont les choses qu'on n'atteindra jamais.

Entre-temps nous sommes parvenus à hauteur des quais. En les longeant, ils parviendront fatalement devant le *Delhi Castle* et pourront aller dormir. Désormais, s'égarer est exclu car leur chemin est jalonné par un cortège somnolent de mastodontes amarrés.

Maintenant qu'a sonné l'heure de la séparation, je me souviens du bureau de police et du regard d'Ali au moment où il relevait la tête sous son casque noir. Et comme si nous allions continuer à nous fréquenter pendant des années, j'émets l'espoir qu'il ne me reniera plus jamais.

Il réfléchit comme celui qui examine sa conscience pour ne pas répondre à la légère.

« Je ne vous ai pas renié, dit-il doucement. Mon esprit a vacillé, mais pas mon cœur. »

Je lui souhaite bon voyage. Et pour égayer les adieux, je dis que là-bas son camarade marié ne devra pas trop parler de la jeune femme, à cause de l'épouse qu'il a laissée pour partir en mer.

« Il ne le fera pas, assure Ali. Même s'il est

léger dans la tête, il a la langue très prudente. »

Et après un instant de silence, car je n'ai plus rien à dire :

« De même que pour chacun vient le temps de mourir, *Sir*, le temps est venu pour nous de vous quitter. Je vous souhaite joie et santé dans ce pays humide, et que le nombre de vos fils puisse encore s'accroître, ainsi vous ne serez pas oublié après votre mort. Nous vous avons observé attentivement dans tout ce que vous avez fait, car à l'étranger il faut être sur ses gardes autant que les animaux dans la jungle, et nous avons vu que vous nous vouliez du bien comme si nous étions des frères, alors que nous n'appartenons même pas à votre peuple. Non seulement vous n'avez pas voulu accepter de récompense, mais vous avez payé vous-même l'eau et la liqueur forte, et j'ai dû travailler ferme avant de pouvoir rendre l'argent des fleurs. Et tout cela parce que vous saviez que nous ne connaissions pas cette ville portuaire. Oui, nous avons tout compris. Je vous suis reconnaissant et mes amis aussi, bien qu'ils ne sachent pas le dire eux-mêmes. Si vous deviez arriver un jour en des pays lointains, j'espère que votre homme sur sa croix mettra sur votre route quelqu'un qui vous accompagnera aussi longtemps que vous l'avez fait pour nous, sans dire qu'il pleut trop fort, car un étranger serviable est un phare dans la nuit. Et pour ce qui est de la jeune femme, si jamais vous la rencontriez, *Sir*, dites-lui que nous sommes allés chez l'homme des cages d'oiseaux qui a d'abord jeté sa lettre par terre et puis n'a plus voulu parler, chez le superintendant qui a ramassé lui-même les fleurs, et aussi chez l'homme qui ne fait que rincer les verres et chanter des chansons, donc que nous avons fait tout ce que quatre personnes peuvent faire la nuit dans une ville comme celle-ci. Et qu'elle doit guetter le passage du *Delhi Castle*, car le navire reviendra certainement s'il reste épargné. Si elle n'est pas appelée à bord, qu'elle vienne d'elle-même, sur le pont arrière près de l'écoutille où l'un de nous trois l'attendra. Il y aura beaucoup de nouveaux cadeaux, même si les premiers n'ont servi à rien. Mais prenez garde, car il est très difficile de la quitter. Aussi vaut-il mieux lui parler sans la toucher. »

Je lui fais remarquer encore une fois que, malheureusement, je ne la connais pas.

« Mais vous savez tous les mots qu'il y a sur le papier et vous pourrez donc demander. Et au port on ne peut pas se tromper, car parmi les filles qui reprisent les sacs il n'y en a pas deux comme elle, aussi sûr qu'Allah est le seul Dieu véritable et tout-puissant. »

Un instant il se tient immobile, regarde le sol, comme celui qui se demande s'il va dire ou faire encore quelque chose ; puis il fourrage entre veste et doublure et m'offre à nouveau cette boîte de cigarettes.

« Maintenant que nos routes se séparent, vous ne pouvez pas refuser. »

J'accepte le cadeau et l'assure que je le garderai comme souvenir.

« Non, conseille-t-il, il faut les fumer, sinon elles vont se dessécher. Les vrais amis n'ont pas besoin de gage pour se souvenir. »

Ces mots, qui sont les tout derniers, scellent notre brève et fraternelle amitié.

Encore une poignée de main et ils s'en vont. Et maintenant qu'ils sont seuls, ils observent à nouveau l'ordre national, Ali en tête. Ils s'arrêtent sous le premier réverbère, comme s'ils savaient que je les suivrais du regard, ils me font un dernier signe d'adieu et leurs silhouettes s'amenuisent rapidement, telles des fourmis disparaissant dans la perspective sans fin des quais.

Pour rentrer chez moi, il me faut passer en fait par la Lange Ridderstraat et je ne vois aucune raison de l'éviter. Je ne suis pas un criminel, que je sache, et j'irai donc par là, dussé-je m'y rompre le cou.

Je passe un coin qui m'est familier, et voici la rue : un ruban de clair de lune longé par un rectangle d'ombre. Quelle heure peut-il être ?

De toutes les rues de notre vieille cité, celle-ci me paraît la plus misérable. Des générations et des générations de prolétaires y ont proliféré dans la puanteur de ces taudis qui ne gardent la position verticale qu'au prix d'un extraordinaire effort. On ne voit personne, on n'entend rien à cette heure indue. Les effluves qui montent des vieux égouts me donnent la nausée.

Le numéro soixante et onze offre une porte délabrée et le rectangle d'une fenêtre dont la moitié est condamnée par des planches. Le crépi de la façade terreuse pèle par plaques et d'un tuyau de décharge se profilant telle une potence s'écoulent à grand-peine les dernières larmes de l'averse qui m'a empêché de rejoindre mon bistrot habituel.

Oseras-tu, au nom d'Ali, frapper à la porte de ce sanctuaire pour réclamer Maria, celle qui ce matin était à bord du *Delhi Castle* pour repriser les sacs ? Car c'est ici, je le sens de tout mon être.

Allons, vieux satyre, ça suffit. Laisse-la jouir en paix de ses dernières cigarettes, rêver de son fichu et de son pot de gingembre. Et poursuis ton chemin, ainsi peut-être ne te tiendra-t-on pas rigueur de la lubricité qui a été ton aiguillon durant cette battue nocturne.

Et maintenant, surtout pas question de broyer du noir et de les accompagner à Bombay, à la recherche du petit nid de Fathma. À la maison, tout de suite, avec mon journal, pour reprendre place dans le cercle de ceux à qui je suis lié et qui m'ennuient, indiciblement.

Et comme je songe à nouveau à Ali, une chanson de ma jeunesse me revient à l'esprit :

Adieu, adieu,
I can no longer stay with you,
I hang my harp on a weeping willow-tree
and may the world go well with thee.

Oui, frères, que le destin vous soit favorable. Qu'Allah aplanisse votre route et vous protège en mer, pour vous ramener dans vos montagnes lorsque le temps sera venu. Et pour ce qui est de Maria et de Fathma, ne désespérons pas, car les desseins du Seigneur sont impénétrables.

Collection
« Escales du Nord »

Pascal Allard, *Les Amériques*, roman, 2003.

Alain Bertrand, *Monsieur Blanche*, roman, 2004.

Alain Bertrand, *En province*, chroniques, 2005.

Philippe Blasband, *Le livre des Rabinovitch*, roman, 1998.

Philippe Blasband, *Quand j'étais sumo*, nouvelles, 2000.

Yves Buin, *L'illusoire retour des îles*, anthologie personnelle, 2002.

Francis Dannemark, *Une fraction d'éternité*, carnet, 2005.

Xavier Deutsch, *Le tilleul de Stalingrad*, nouvelles, 2001.

Xavier Deutsch, *La Belle Étoile*, roman, 2002 (prix Rossel).

John Dubouchet, *Le royaume au bord du monde*, roman, 2004.

Daniel Fano, *La nostalgie du classique*, poèmes, 2004.

Thomas Gunzig, *À part moi, personne n'est mort*, nouvelles, 1999.

Xavier Hanotte, *Poussières d'histoires*, poèmes, 2003.

Eva Kavian, *Autour de Rita*, roman, 2002.

Eva Kavian, *Trois siècles d'amour*, roman, 2003.

Eva Kavian, *Le rôle de Bart*, roman, 2005.

Didier Lesaffre, *La vie encore*, nouvelles, 2001.

NATACHA NISIC, *Le tatouage d'Éléonore*, roman, 1999.

PATRICIA NOLAN, *Travelling*, poèmes
traduits de l'anglais (Irlande) par Cécile Wajsbrot, 2001.

PATRICIA NOLAN, *Strip-tease*, poèmes
traduits de l'anglais (Irlande) par Emmanuèle Sandron, 2005.

WILFRED OWEN, *Et chaque lent crépuscule*,
poèmes et lettres de guerre traduits de l'anglais
et présentés par Barthelémy Dussert et Xavier Hanotte, 2001.

PIER PAOLO PASOLINI, *Où est ma patrie*, poèmes
traduits du frioulan par Luigi Scandella, 2002.

EDOUARD C. PEETERS, *Nephros*, roman, 2005.

DANIEL SOIL, *Vent faste*, roman, 2000 (prix Jean-Muno).

RÉGINE VANDAMME, *Ma mère à boire*, roman, 2001
(prix de la Première Oeuvre du Ministère
de la Communauté française Wallonie-Bruxelles).

RÉGINE VANDAMME, *Ma voix basse*, récit, 2004.

FRANCK VENAILLE, *Cavalier/Cheval*, théâtre, 2003.

CÉCILE WAJSBROT, *Le visiteur*, nouvelles, 1999.

*

Anthologies

Histoires d'eaux, 1998.

Au fil du temps, 1999.

Poète toi-même,
une anthologie de poésie contemporaine, 2000.

Bloum à Bruxelles, 2000.

Escales littéraires d'automne, 2000.

Littérature en Flandre (33 auteurs contemporains), 2003.

Francis Dannemark, *Ici on parle flamand & français (Une fameuse collection de poèmes belges)*, 2005.

*

Bibliothèque flamande de la collection « Escales du Nord »

Benno Barnard, *Le naufragé*,
poèmes traduits par Marnix Vincent, 2003.

Benno Barnard, *Fragments d'un siècle*,
récit traduit par Monique Nagielkopf, 2005.

Louis Paul Boon, *Ma petite guerre*,
roman traduit par Marie Hooghe, 2004.

Hugo Claus, *Cruel bonheur*,
poèmes traduits par Marnix Vincent, 2003.

Willem Elsschot, *Fromage*,
roman traduit par Xavier Hanotte, 2003.

Willem Elsschot, *Villa des Roses*,
roman traduit par Marnix Vincent, 2004.

Willem Elsschot, *Le feu follet*,
roman traduit par Marnix Vincent, 2005.

Jef Geeraerts, *Oiseaux de nuit*,
roman traduit par Marie Hooghe, 2002.

Jef Geeraerts, *Sanpaku*,
roman traduit par Marie Hooghe, 2003.

JEF GEERAERTS, *Marcellus*,
récit traduit par Marie Hooghe, 2003.

JEF GEERAERTS, *Je ne suis qu'un nègre*,
roman traduit par Marie Hooghe, 2004.

STEFAN HERTMANS, *Entre villes*,
essais traduits par Monique Nagielkopf, 2003
(prix « La Ville à lire » – France Culture & Urbanisme).

STEFAN HERTMANS, *Le paradoxe de Francesco*,
récits avec poèmes traduits par Marnix Vincent, 2004.

LEONARD NOLENS, *Brèche*,
poèmes traduits par Marnix Vincent, 2004.

STEFAAN VAN DEN BREMT, *Racines d'un nuage*,
poèmes traduits par l'auteur, 2001.

MIRIAM VAN HEE, *Le lien entre les jours*,
poèmes traduits par Étienne Reunis, 2000.

GEERT VAN ISTENDAEL, *Le labyrinthe belge*,
essai traduit par Monique Nagielkopf et Marnix Vincent, 2004.

Littérature en Flandre (33 auteurs contemporains), anthologie, 2003.

FRANCIS DANNEMARK, *Ici on parle flamand & français*
(Une fameuse collection de poèmes belges), anthologie, 2005.

*

Le catalogue détaillé
de la collection « Escales du Nord »
est disponible sur le site
www.francisdannemark.be

Cet ouvrage
a été achevé d'imprimer
par l'Imprimerie Floch, à Mayenne,
le 22 avril 2005.
Photocomposition
Ateliers Graphiques de l'Ardoisière.

N° d'éd. : 596 - N° d'impr. : 62954
Dépôt légal : mai 2005
Imprimé en France